불란서 고아의 지도

박정대

불란서 고아의 지도

박정대

PIN

020

차례

동방은 영혼의 탄생지   9

시   12

헤밍웨이의 산책로   20

그래피티   22

카리아티드   26

불란서 고아의 지도   28

앙토냉 아르토   34

누에보다리에 불이 켜질 때   36

누가 혁명적 인간이 되는가   38

눈, 불란서 고아의 지도   42

카이에 뒤 시네마 뒷골목의 시   46

스톡홀름의 깊은 밤   58

퓌르스탕베르광장의 겨울 시   64

탕웨이를 듣다 78

시가 아니라고 해도 제목이 생각나지 않는 밤
가장 멀고도 아름다운 이름을 붙여주었으면 해 82

의열하고 아름다운 88

밀생 92

태양의 기억이 흐려져간다 100

시라노 드 베르주라크 104

페레그린의 시 110

패러사이트 114

정선 118

산골 극장 120

불란서 고아의 지도 122

에세이 : 불란서 고아의 음악 127

PIN

020

불란서 고아의 지도

박정대

시

동방은 영혼의 탄생지

창밖엔 여전히 눈이 내리는데 겨울 내내 나는 태어나지 못했다

커피를 마시고 담배를 피우고 창문을 열고 창문을 닫고 가끔 책을 읽기도 했지만 겨울 내내 나는 태어나지 못했다

누군가 소금을 굽는 저녁이면 밤하늘에서 물고기자리를 찾아보기도 했지만 완벽한 윤곽을 드러낸 뤼베롱산의 자태를 오래 바라보았을 뿐

뤼베롱산의 깊은 숲속엔 아직 가보지 못했다

루르마랭에서 한 계절을 보내며 내가 얻은 것은 밤하늘에 뿌려진 소금 같은 별 몇 줌과 알베르 카뮈

의 사진 한 장

동방은 영혼의 탄생지이며 그 청춘이다

모리스 블랑쇼는 말한다

냉장고는 텅텅 비었고 카뮈의 눈동자는 빛난다

겨울은 길고 동방은 어디인가

밤새 동방을 찾아 헤맨다

이제 거의 다 왔다

시

미스터 션샤인의 말투로 말하겠소

키치라 해도 좋소

무더운 여름밤을 건너가기엔 그 말투가 좋았던
것이오

자정이 넘은 코케인 창가에서 홀로 술을 마시며
바라보는 적막한 거리 풍경이 좋았던 것이오

햇빛 씨의 열기가 대낮의 조국을 뜨겁게 달구고
그 열기는 밤이 되어서도 식지 않았소

111년 만에 찾아온 최악의 폭염이라 했소

폭탄을 맞은 폐허의 도시처럼 허공을 떠도는 풍
문들은 흉흉했소

어디를 가도 숨이 가빠오는 숨 막힐듯 뜨거운 열
기의 나날이었소

111년 전이면 1907년인데 나의 말투는 1907년
의 고독 씨처럼 어느덧 그 시절을 흉내 내고 있었던

것이오

러브가 무엇이오 나는 모르오

시는 또 무엇이오 나는 모르오

조국이 이토록 뜨거운데 내가 어찌 조국보다 더
뜨거운 시를 쓸 수 있겠소

밤이면 코케인에서 술을 마셨소

창가에 앉아 혼자 술을 마시는 게 나는 좋았소

그렇게 여름을 지나갈 수만 있다면

말투야 어떻든 괜찮았던 거요

술을 한잔 마시고 돌아오는 새벽이면 생각했던
거요

나는 줄곧 적막한 새벽의 길을 걸어

거대한 고독의 시간을 횡단하고 있었다는 것을

꿈꾸는 자들은 언제나 대낮과 제국의 반대편이
었고

오롯이 자기 꿈의 동지였다는 것을 말이오
검은 말 한 마리 웅크리고 있는 밤이오
여전히 깊고 어두운 검은 밤이오

*

춤이 없는 혁명은 일으킬 가치가 없는 혁명이오—
브이 포 벤데타

미스터 션샤인이라 했소 누가 햇빛 씨인지는 나
도 모르오
누가 누구의 햇빛이 될 수 있다는 건지도 나는
모르오
한낱 주말 밤에 방송되는 드라마라기엔 대사들
이 깊었소

몇몇 깊은 대사를 이곳에 옮길 의도는 없소

다만 그 말투가 투박하고 좋았던 것이오 물론 그게 다였겠지만 말이오

퐁피두센터가 생기기 전 파리의 건물 고도제한은 25미터였소

먼 이국에 관한 다큐멘터리를 보다가 문득 시를 쓰고 싶다는 생각을 했소

가난한 예술가들이 모여 살던 파리의 목조 건물 세탁선에 관한 기록도 보았소

그런 여름밤엔 밤새 시를 쓰고 싶었는데 밤에도 열대야는 계속되고 시는 써지지 않았소

조국이 이렇게 뜨거운데 내가 어찌 조국보다 더 뜨거운 시를 쓸 수 있겠소

그리고 슬픔이 시작되었소 몇 날 며칠 폭염과 염천의 하늘이 이어졌소

말을 타고 떠났는지 기차였는지 배를 타고 떠났는지 나는 모르오

어느 날 아침 뉴스를 보다가 그가 떠났다는 사실을 알았소

그것은 비보였소 살아생전 한 번도 만난 적 없는 자의 죽음

아무도 미워하지 않는 자의 죽음이 이토록 사람을 황망하고 슬프게 만든다는 사실에 전율했소

아무것도 할 수 없었소 며칠 동안 술만 마셨소

나의 고독은 나의 침묵은 나의 음주는 아무것도 구할 수 없었소

그래서 고독했고 그래서 침묵했고 그래서 음주

만 했던 것이오

　나에겐 불의에 대항할 총이 없었고 허무에 맞설 사랑이 없었고 열대야를 재빠르게 건너갈 서늘한 신념조차 없었던 게요

　귀하를 러브하오 그런데 러브는 과연 무엇이오

　도대체 이 뜨거운 열기는 어디로부터 오는 것이오

　귀하는 또 어디에서 이 뜨거운 밤을 혼자 건너가고 있는 것이오

　밤하늘에 보이는 건 그저 깊고 깊은 구름뿐이오

　태양탐사선 유진파커호를 보냈다 하오

　살아남은 자의 슬픔이 서로 연대하려는 지상의 밤이오

연락하오 귀하는 누구요 안녕

깊은 밤하늘에 그가 있소

헤밍웨이의 산책로

누에보다리에 불이 켜질 때

그래피티

스웨터는 점진적으로 고쳐지고 있소

스웨터를 수선해 입고 나는 문득 불란서 고아요

낡은 밤에 녹색 의자에 앉아 어둠 속으로 쏟아지
는 눈발을 보고 있소

눈이 내리는 밤이면 어둠은 한 마리 젖은 짐승처
럼 꿈틀거리오

저물녘 맹수들의 싸움처럼 어둠은 또 다른 어둠
을 만나 몽마르트르언덕 위를 뒹굴고 있소

화목난로 불꽃이 파놓은 다락방 동굴의 밤이오

멀리 있는 중국집은 중국풍으로 눈을 맞고 가까이 있는 빵 가게는 인디풍으로 눈을 맞고 있소

스웨터를 수선해 입고 나는 지금 불란서 고아요

낡고 오래된 밤에 앉아 눈이 내리는 것을 바라보고 있소

눈은 허공에서 멈칫거리다 또 다른 공허로 이동하오

이동하는 눈을 바라보는 눈은 검고 아름답소

검고 아름다운 그대의 눈동자를 생각하오

낡고 오래된 검은 밤에 앉아 나는 불란서 고아처럼 그대를 생각하오

검은 밤 검은 말을 타고 떠난 그대를 생각하오

육체는 육체에 부딪혀 맑은 종소리를 내고 영혼은 또 다른 영혼에 부딪혀 하얀 눈송이로 돋아나는 밤

차가운 밤의 계단에 앉아 나는 혁명적 인간을 생각하는 것이오

눈이 내리오 눈은 밤새 눈의 언어로 속삭이고 심장은 밤새 눈의 속삭임을 듣고 있소

전직 천사가 피워 올린 담배 연기는 지상의 깃발처럼 펄럭이고 밤새 다락방으로 내려 쌓인 눈송이들은 천창 위에 앉아 겨울의 시를 쓰고 있소

모두가 뒷골목과 바람의 고아요

마치 우리가 우리의 고아이듯

끝내 나는 나의 고아요

스웨터를 수선해 입고 낡은 밤을 수선해 들으며 나는 문득 불란서 고아요

낡고 오래된 검은 화폭에 그려지는 그래피티의 밤이오

카리아티드

돌을 훔치러 가야지, 모딜리아니가 말했다

그는 한밤의 채석장에서 돌을 훔쳤다

「카리아티드」가 돌 속에서 태어나고 있었다

불란서 고아의 지도

파리 리슐리외도서관에 앉아 불란서 고아의 지도를 그리다 보면 밤이 오고 있을 게요

어둠이 어슬렁거리며 다가오는 저녁이면 나는 그대와 함께 따스한 불빛이 있는 주점으로의 망명을 꿈꾸고 있을 게요

11월의 파리는 바람이 불고 비가 내리고 가끔은 눈발이 날리지만 이곳엔 영혼의 동지들이 있으니 그리 춥지는 않을 게요

지금쯤 카페 로통드에선 모딜리아니가 손가락 구멍이 뚫린 장갑을 끼고 장 콕토의 초상화를 그리고

에즈라 파운드는 헤밍웨이를 꾀어내 술을 마시기 위해 클로즈리 데 릴라로 가고 있을 게요

로트렉은 물랭루주로 가기 위해 몽마르트르언덕을 천천히 내려오고 위트릴로는 세탁선과 테르트르광장을 지나 포도밭 쪽에 있는 라팽 아질로 가고 있을 게요

밤의 도서관에 앉아 불란서 고아의 지도를 그리다 보면 밤하늘엔 달무리가 돋아나고

퓌르스탕베르광장 들라크루아박물관 다락방을 빠져나온 장 드 파는 콧수염을 휘날리며 몽파르나스 쪽으로 산책을 시작할 게요

되 마고와 플로르를 지나온 바람은 몽파르나스
쪽으로 불고

지금 몽파르나스엔 비가 내리고 비는 잠시 후 눈
발로 바뀌겠지만

몽파르나스엔 아직도 망명 중인 레닌이 잠시 자
전거를 세워두고 카페 르 돔에 들러 한 잔의 차를
마시고 있을 게요

그 옆엔 카페 쿠폴이 있지요

목재와 석탄을 쌓아두던 창고를 개조한 예술가
들의 카페

공연을 할 때면 400석가량의 자리를 마련할 수 있다는 붉은 차양 모자를 쓴 쿠폴

오늘 저녁엔 우리 함께 쿠폴에서 공연을 해요

공연이 끝나면 '밤의 허기'라는 메뉴로 저녁 식사를 하고 동무들과 함께 밤새 술을 마셔요

여전히 퓌르스탕베르광장엔 비가 내리고 밤이 깊어지면 비는 눈으로 바뀌겠지만

누군가 두고 온 다락방은 밤새 또 누군가의 내면처럼 천천히 젖어가겠지만

따스한 햇살이 비치는 아침이 올 때까지

다락방이 다 마를 때까지

오늘 밤은 불란서 고아의 지도를 따라가며 밤새 술을 마셔요

생제르맹데프레성당에 잠든 데카르트가 아직 잠에서 깨기 전

센강의 아침 안개가 아직 한 마리 하얀 새처럼 날아가기 전

앙토냉 아르토

나는 아무도 따라 할 수 없는 한 편의 시

죽어야 비로소 다시 태어난다

그것은 잔혹하지만 아름다운 성분들의 힘이다

누에보다리에 불이 켜질 때

너는 조금씩 움직인다

너의 움직임을 따라 눈이 내리고

아직 너에게 당도하지 않은 눈은

수만 개의 섬처럼 허공에 떠 있다

네 눈동자 속에 담긴 세계의 저녁으로 눈이 내리

고 있다

헤밍웨이는 생각에 잠겨 천천히 걷고

톰 웨이츠는 중국집 앞에 멈춰 오래도록 간판을

바라본다

수선한 스웨터를 걸친 불란서 고아는

2층 창가에 앉아 너를 바라보고 있다

너의 모든 것이 조금씩 움직인다

너의 입술을 통과한 말을 듣기 위해

눈송이들은 침묵 가까운 쪽으로만 내리고

불란서 고아는 담배를 피워 물었다

무엇인가를 생각하고 써야 하는데
불란서 고아는 내리는 눈의 리듬에 맞춰
스미스 코로나 타자기를 두드렸다
자판을 두드릴 때마다
부드럽고 따스한 빵이 생겼으면 좋으련만
손가락 관절엔 겨울바람이 스며들고
헤밍웨이는 이제 산책을 끝낼 시간이다
중국 음식에 곁들여 배갈을 마신 톰 웨이츠는
춤을 추며 식당 문을 나서고 있다
너는 조금씩 아주 조금씩 움직이지만
불란서 고아는 어느새 네 속에 있다
누에보다리에 불이 켜지고
눈들이 눈을 감고 내리는 밤이다
눈 속으로 또 다른 눈이 내리는 밤이다

누가 혁명적 인간이 되는가

  책을 반납하러 낙엽이 깔린 길을 걸어 도서관으
로 간다

  책 반납기가 있는 밤의 도서관은 생제르맹데프
레 거리 쪽에 있다

  희미한 가로등 아래는 젊은 닉 케이브와 파리지
엔느의 키스가 열렬히 진행 중이다

  혁명적 인간은 파리의 고아다

  책을 반납하고 돌아오는 길 어디로 갈까 생각해
본다

  파리엔 시를 쓰는 내 동생 알렉시스 베르노가 살

고 있지만 그는 지금 밤의 어디에선가 베이스 기타를 연주하고 있을 것이다

되 마고와 플로르를 지나 프로코프 쪽으로 걸음을 옮긴다

프로코프는 1686년 파리에서 처음으로 문을 연 카페다

1686년부터 나는 줄곧 프로코프의 단골이지만 오늘은 프로코프를 지나 몽파르나스 쪽으로 천천히 걷는다

몽파르나스에는 카페 르 돔과 로통드, 쿠폴과 셀렉트가 함께 모여 있지만 오늘은 헤밍웨이가 드나

들던 클로즈리 데 릴라에나 가려고 한다

그곳에서 몇 잔의 술로 저녁 식사를 할 것이다

꼬막은 도대체 어디에서 팔까

어둠이 밀물처럼 자욱이 밀려오는 밤의 해변에
서 나는 꼬막과 꼬막무침 같은 사랑을 생각하는 것
이다

낙엽이 가득 쌓인 거리를 바라보며 그대를 생각
하는 것이다

파리의 고아가 자라서 그대의 사랑이 되는 것이다

불란서 고아가 자라서 혁명적 인간이 되는 것이다

밤의 창가에서 생각해보는 것이다

눈, 불란서 고아의 지도

한 마리의 거대한 곰이 난로 곁에서 졸고 있다고
하자

자작나무 숲으로는 일주일째 눈이 내리고 졸고
있는 곰의 왼쪽 뒷다리 두 번째 발톱 근처에서 러시
아를 생각하고 있다고 하자

한때, 자신의 시는 러시아와 불란서 사이에서 태
어났다고 말하던 시인이 있었지

어미 아비를 모두 잃은 지금, 그의 시는 세계의
고아

고아니까, 러시아의 자작나무 숲을 생각하며 술
이나 마시고 있다고 생각하자

사고무친의 고아니까, 파리의 뒷골목을 어슬렁거리며 생이 파놓은 매혹적인 구멍이나 생각하고 있다고 하자

한 마리의 거대한 곰이 난로 곁에서 졸고 있다고 하자

자작나무 숲으로는 일주일째 눈이 내리고 눈이 내리니까 그걸 러시아라고 하자

하얗고 광활한 침묵의 영토라 하자

창밖엔 일주일째 눈이 내려 심장은 여전히 톱밥난로 불꽃처럼 타오르는데 침묵에서 불꽃까지, 러

시아에서 불란서까지 말을 타고 달려가는 여인이 있다고 하자

말이 당도한 불란서의 저녁에는 환한 등불을 내건 따스한 주막이 있고 말을 타고 온 여자와 불란서 고아가 극적으로 만난다고 하자

예정된 연애가 운명처럼 시작된다고 하자

졸고 있던 곰이 잠에 취해 바닥으로 쓰러졌다고 하자

잠에 취해 바닥으로 쓰러진 곰, 그걸 불란서라고 하자

자작나무 숲으로는 일주일째 눈이 내리고 바닥
에 쓰러져 누운 곰의 옆구리로 밤이 왔다고 하자

밤이 와서 밤이 되었으니 두 사람에게는 아무것
도 묻지 않기로 하자

여기는 추억의 불란서니까

그대들은 모두 이 세계의 고아니까

눈이 눈을 바라보며 내리듯 상상은 상상을 상상
하니까

창밖엔 일주일째 눈이 내리고 아무 말 없이 눈이
내리고 있으니까

카이에 뒤 시네마 뒷골목의 시

동전을 넣고 음악을 듣고
담배 한 대를 주면 여자를 얻을 수 있었지

수염을 깎으니 꼭 벗고 다니는 느낌이야

흔들의자는 자기만의 리듬을 갖고 있지
　　　　　　　　—프랑수아 트뤼포, 「줄 앤 짐」

흔들의자는 자기만의 리듬을 갖고 있지

담배를 끊어야겠어 화초에 해로우니까, 그런데
뭘 어쩌겠어 뒷골목의 시를 쓰기 위해 담배를 피워
무는 밤 담배 연기가 수염처럼 돋아나는 밤

자, 보아라, 수염이 돋은 시

시가 오고 있다, 도래할 시

눈이 오거나 비가 오거나 어두운 밤도

우편배달부의 신속하고 정확한 배달을 막을 수
는 없다

「포스트맨」이라는 영화에 나오는 우편배달부의
말이오

이렇게 당당한 말이 등장하니 이 필름은 분명 좋
은 것일 게요

전쟁 이후 황폐해진 무정부 상태의 미리견(미리
견은 아메리카의 음차, 혹시 시를 다시 읽을 때는

괄호 속의 말은 빼고 읽으시오)에 베들레헴 장군의
폭정이 시작되고 이에 맞서 포스트맨들의 저항이
시작된다는 이야기요

　누구도 시를 향해 달리는 말을 막을 수는 없소

　세 번은 짧게, 세 번은 길게 호흡하며 아무도 읽
지 않을 시를 쓸 뿐

　세 번은 짧게, 세 번은 길게 침묵하며 길고도 긴
불면의 밤을 건너갈 뿐

　창문을 열고 가배 한 잔 담바고 한 모금, 어떤 공
동체도 이루지 못한 자들의 공동체를 생각하고 있소

하루는 이렇게 시작되는 것이오

간밤 미리견의 두목은 자신들의 몫을 챙겨 표표
히 하노이를 뜨고 하노이의 밤에 홀로 남은 사내는
그 순간 검은 구름처럼 몰려오는 인민들의 얼굴을
생각했던 것이오

언어의 독립은 이이제이요

불경한 언어를 통해 자신의 언어를 구하는 것이
오

성동격서든 이이제이든 간밤의 상황은 몹시도
지루했소

지루한 상황 속에서 어떤 공동체도 이루지 못한 자들의 공동체를 생각했소

창문을 열면 먼지 냄새 자욱하게 밀려오는 나날이오

누군가 말을 타고 아주 멀리 떠난 것도 아닌데 자욱하게 밀려오는 이 풍진 세상의 먼지는 어디로부터 오는 것이오

가배 한 잔 담바고 두 모금, 밤이 지나 아침이 올 때까지 어떤 공동체도 이루지 못한 자들의 마음을 생각했소

실체 없는 눈물의 제국, 고아의 마음만 허공에

펄럭이고 있소

　뒤늦은 봉화처럼 담배 연기만 피워 올리는 여기
는 뒤똥 페닌슐라

　침략당한 고아의 마음이오

　참담한 하루가 지나가고 늦은 오후에 깨어 샤를
로트 갱스부르의 떠난 자와 남은 자를 듣고 있소

　어디로도 갈 곳 없는 시대에 떠난 자는 어디로
떠나는 것이오

　남은 자는 또 어디에 남아 있는 것이오

여전히 떠나지 못한 자들은 어두워지는 오후에 남아 속수무책 창밖의 흑백영화를 보아야 하는 것이오

파리기후협약에서 했던 약속은 무엇이었소

탈퇴와 계약 파기가 영길리 미리견이 꿈꾸던 자본주의의 본질이었소

영길리는 멀리 영길리에 있고 미리견은 미리 견犬이 되어 컹컹컹 짖어대며 어두워져가는 오후

자본이 자본을 향해 미친 듯이 총질을 하듯 연민과 연민이 상충하며 이룬 구름이 반도의 허공에 가득한데

오, 카이에 뒤 시네마라니!

무슨 낡은 영화 수첩 같은 거요?

모르겠소

다만 모든 것이 무한 순환되는 우주에서 시인은 이제 지쳤고 더 이상 아무것도 쓰지 않소

시인은 무엇을 쓰는 자가 아니고 다시 태어나는 자이기 때문이오

잔혹 동화처럼 여전히 어두운 페닌슐라의 오후요

시는 먹구름 속에 있고 아직 빗방울이 되어 지상에 당도하지 않았소

비가 오든 말든 커피 한 잔을 마시고 창문을 열고 담배를 피우며 당신은 하루를 시작해야 하겠지만

걱정하지 마시오

이렇게 살 수도 저렇게 죽을 수도 없을 때 시는 오는 것이오

눈이 오거나 비가 오거나 어두운 밤도

아름답고 강력한 시를 막을 수는 없소

누구도 시를 향해 달리는 말을 막을 수는 없소

이미 어투는 정해졌고 소재는 풍부하오

메밀베개를 베고 잠들었던 간밤엔 꿈도 없이 잘 잤소

아침엔 진부장에 들러 해장국을 먹고 담배를 맛있게 피웠소

소풍을 온 것처럼 현실을 사는 사람을 보았소

여행자처럼 한 번도 현실의 풍경에 접속하지 않고 그저 스치며 지나가는 삶

그게 어쩌면 시일 게요

그저 스쳐 지나가지만 모든 것에 결부된 것

베개 속에 들어 있는 메밀처럼 무연하고 무용하지만 바스락거리며 인간을 꿈꾸게 하는 것

존재함으로써 인류에게 위안이 되는 것

메밀베개를 베고 잠들었던 간밤엔 꿈도 없이 잘 잤소

또 다른 아침에는 양양이나 정선장, 해남이나 강진장에 들러 해장국 한 그릇 먹고 담배를 맛있게 피

우겠지만

아직 정해진 어투는 없고 소재는 풍부하오

시는 이렇게 쓰일 예정이오

스톡홀름의 깊은 밤

스톡홀름의 깊은 밤 스칼라극장 앞에 모여 우리는 담배를 나눠 피웠지

엘리스도 안나도 요나단도 바람 부는 거리 모퉁이에서 함께 킬킬대며 담배를 피웠지

방금 전 한국말로 시를 낭송했던가

그게 무슨 의미가 있을까

생각이 다 끝나기도 전에 객석에선 우레 같은 박수가 쏟아졌지

낭송이 끝나고 극장 밖으로 나와 담배를 피워 물면 개를 끌고 산책하던 스웨덴 노인은 "우리 개는

담배를 피우지 않는다네" 농담을 하며 지나갔지

　자작나무 깊은 숲을 지나 린다의 눈동자 같은 스웨덴의 달빛 속으로 스며들고 싶던 밤, 폴란드 시인 율리아와 밤새도록 이야기하다 이야기 속으로 사라지고 싶던 밤

　어두운 대낮부터 스웨덴 술을 마시고 스웨덴식으로 어두워졌는데 스웨덴식 통나무집에서 한국말로 시를 쓰며 마냥 어두워지고 싶었던가

　'통나무의 만灣'이라는 뜻을 가진 스톡홀름에서 내가 보았던 둥둥 떠다니는 어둠은 무엇이었나?

　누군가의 내면보다 더 깊고 어두웠던 밤이어서

스톡홀름의 밤을 잊지 못하네

강원도 정선의 크리스마스이브같이 어둡던 밤,
호텔에서 극장으로, 극장에서 식당으로, 식당에서
술집으로, 그렇게 흘러가던 스톡홀름의 밤을 잊지
못하네

깜깜한 오후면 베트남 쌀국수 한 그릇을 먹고 거
리로 나와 담배를 피우기도 했지만 담배 연기처럼
둥둥 떠다니던 어둠은 도대체 어디서 와 어디로 흘
러가는 것이었을까

스웨덴에서 요즘 소위 잘나가는 젊은 시인인 엘
리스와 안나보다 이상하게 나는 요나단에게 마음이
더 끌렸지

평양에도 다녀왔다는 그는 시도 쓰지만 엔지니어 일을 주로 담당했지

내가 시 낭송을 하러 무대에 등장할 땐 미리 부탁했던 톰 웨이츠의 음악을 틀어주기도 했지

스톡홀름의 밤에 톰 웨이츠를 틀고 한국말로 시 낭송을 하다니 누가 보더라도 인터내셔널 포에트리 급진 오랑캐 밴드다웠지

스톡홀름의 밤은 깊어 모두가 집으로 돌아간 새벽이면 스칼라극장에서 벤틀리호텔까지 나 혼자 저벅저벅 걸어왔는데 한 줄기 바람도 내 뒤를 졸졸 따라왔던가

밤하늘엔 헤이Hej, 헤이Hej, 안녕하세요

야 헤터 박정대 프론 쉬드코리아Jag heter Pak Jeong-de från sydkorea, 저는 남한에서 온 박정대입니다

스웨덴 말로 중얼거리며 키 큰 스웨덴의 별들만 빛나고 있었던가

그러거나 말거나, 탁 소 미케! 엘스카르 데이!

감사합니다! 사랑합니다, 여러분! 중얼거리며

통나무만큼 유령처럼 둥둥 떠다니던 스톡홀름의

깊은 밤

퓌르스탕베르광장의 겨울 시

밤새 창문을 열었다 닫았다 눈은 내렸다 그쳤다

누군가는 다락방에서 시를 쓰고 누군가는 불빛
아래서 그 시를 읽겠지

누군가는 레너드 코헨의 천 번의 키스를 들으며
썼으니 또 누군가는 창문을 열고 쏟아지는 눈발의
텍스트를 읽겠지

눈 내리는 퓌르스탕베르광장에는 누가 사는가?

7일에는 나

8일에는 그대

9일에는 구름의 유령들

7일

데이비드 호크니는 「파리 퓌르스탕베르광장, 1985년 8월 7, 8, 9일」을 하나의 화폭에 담았다

그림 속에는 분리된 작은 그림들이 섞여 있는데 그것은 다른 날의 풍경을 혼합한 결과이다

퓌르스탕베르광장에는 들라크루아박물관이 있고 들라크루아박물관에는 나의 다락방이 있다

나는 어느 해 어느 달인지 알 수 없는 7, 8, 9일을 다락방에서 보냈고 어느 해 어느 달인지 알 수 없는

7, 8, 9일을 그곳에서 보내고 있다

그것은 아마 금요일부터 일요일까지의 날들이었
을 것이다

모든 것은 한 권의 책에서 시작되었다

피에르 르메트르의 이렌을 읽고 있었을 것이다

창밖에는 밤새 눈이 내리고 있었을 것이다

여성 동무를 구해야 한다

형사반장 카미유 베르호벤의 생각처럼 밤새 눈
이 내리고 있었을 것이다

죽은 여성 동무를 어떻게 구하는가?

밤새 눈은 내리고 쌓이고 바라보게 한다

추리처럼 섬세하게 두 눈 부릅뜨고 내면을 바라
본다

세상의 끝에서 누군가 등대 불빛처럼 담배를 피
워 물고 밤새 또 다른 누군가의 내면을 들여다보고
있다

창문을 열었다 닫았다 눈은 내렸다 그쳤다

퓌르스탕베르광장의 7일이 지나간다

8일

심장은 고립을 향해 걷는다

수염이 자라는 동안 어둠이 올 것이다

나무들이 있고 그늘이 있고 그늘 속으로도 어둠
이 올 것이다

발자국은 검은 모자를 쓰고 있다

소리는 알몸으로 달아난다

위험에 처한 여성 동무를 구해야 한다

뜨거운 국물에 소주라도 한잔 마셔야 한다

울음소리가 소환하는 추억의 겨울에는 눈이 내린다

알몸의 입술이 사랑을 고백한다

검은 모자를 쓴 사내는 멀리 있는 모스크바처럼 불타오른다

수염이 자라는 동안 가로수의 잎들은 서로의 안부를 물으며 광장의 배처럼 허공을 항해하기도 한다

밤이면 들라크루아의 유령이 떠돈다고 했다

되 마고에서 술을 마시는 날에는 생제르맹데프레교회당 모퉁이를 돌아 들라크루아박물관의 다락방으로 돌아온다

나는 이곳에서 고립을 향해 걷는다

수염이 자라는 동안 어둠은 올 테지만 계속 수염을 기르며 유령의 불빛을 향해 조금씩 다가간다

아니 이제는 검은 모자를 벗고 수염을 깎고 세상에 정체가 알려진다 하더라도 불빛 같은 글을 써야 한다

눈발에 포위된 여성 동무를 구해야 한다

수염이 다시 자라는 동안 생각도 다시 자랄 것이
다

7일, 8일, 9일이 지나는 동안 눈발은 질문처럼
쏟아지고 나는 눈발을 헤치며 다시 다락방으로 돌
아올 테지만 혼돈은 눈발처럼 내리다 몽블랑 백색
210그램 종이처럼 지상에 정착할 것이다

쏟아지는 눈발 속에서 여성 동무를 구해야 한다

그녀는 최초의 인류가 될 것이다

우리는 언제나 최초의 인류를 꿈꾸어야 한다

그래야 우리는 겨우 태어날 수 있는 것이다

네 그루의 나무가 광장을 지키고 있는 밤이다

광장의 밤은 별빛으로 가득할 것이다

한 공간에 겹쳐 있는 여러 겹의 시간

시간을 선택하고 그 시간 속으로 스며든다는 것

아무도 틈입할 수 없는 시간 속에서 스스로 아름다운 삶을 꿈꾼다는 것

미스 페레그린은 미스 페레그린의 시간 속으로 돌아가고 그대는 그대의 행성 속으로 돌아와 7, 8, 9일을 사는 것이다

그럴 때 퓌르스탕베르광장에는 눈이 내리고 다
락방은 한 마리 짐승처럼 젖은 몸을 말리며 밤새 시
를 쓴다

퓌르스탕베르광장의 8일이 지나간다

9일

겨울 코트를 입고 길을 나선다

이베이가를 지나 생제르맹데프레교회당 모퉁이
를 돌아가면 길 건너편에 되 마고가 보일 것이다

밝은 햇살과 관광객들이 점령한 두 개의 중국 인

형(어쩌면 관광객이 아닐지도 모른다 어쩌면 시인
어쩌면 삶의 스파이 어쩌면 삶은 스파게티)

　산책하는 새들

　퓌르스탕베르광장을 등 뒤에 두고 소르본대학을
지나 중고 서적을 파는 센강 쪽으로 걷는다

　피에르 르메트르의 알렉스도 보인다

　산책하는 구름들

　겨울 코트 주머니에 손을 넣고 걷는다

　7일의 하늘에는 칠레의 모든 기록이 있고 8일의

하늘에는 파올로 그로쏘의 쉿내 나는 음성이 떠돌
테지만 9일의 하늘에는 구름의 산책이 있다

　세상의 모든 장소는 이미 눈발에 점령되었으니
이제는 세상의 모든 시간을 탐색해야 하리

　누구도 발 딛지 않은 시간을 향해 누군가 밤의
코케인으로 걸어간다

　모든 것은 한 편의 시에서 시작되었다

　아름다운 한 여자가 죽었고 그녀를 살려내야 한다

　그녀를 살려낼 수 있다면 이제 눈발은 그치고 이
세상의 시도 끝나리

퓌르스탕베르광장의 눈 내리는 사흘이 지나간다

눈 속에 파묻힌 시를 누가 읽으랴

퓌르스탕베르광장의 9일이 지나간다

탕웨이를 듣다

탕웨이의 노래를 들었소

자정이었소

그녀가 부르는 꿈속의 사랑을 듣는 밤이면 술을
마시고 싶다는 생각을 했소

세상의 모든 어둠이 모여드는 2층 창가에 앉아
세상의 모든 밤을 생각했소

히말라야를 넘는 검독수리의 눈동자처럼 나의
시는 여전히 고독과 침묵의 식민지요

밤의 도서관을 빠져나와 생각하는 건 지난여름
이후 세상이 조금 더 어두워졌다는 것 삶은 꿈으로

이루어져야 하는데 인류에게는 더 이상 꿈이 없다
는 것

　스스로 생을 마감하는 인류보다는 비와 나무와
바람이 하늘과 바다가 훨씬 옳고 아름다울 거라는
생각을 했소

　아름다움이 언젠가는 인류를 구원할 게요

　그런데 구원해야 할 인류가 있기는 한 것이오?

　깊은 밤 개를 끌고 산책하는 사람 젖은 이팝나무
에서 움트는 새싹 스피커에서 흘러나오는 가수의
거친 목소리 반짝이는 인공위성 문 닫는 소리 문이
열리는 소리 사람들이 떠드는 소리 비를 맞으며 주

차돼 있는 자동차 정박한 배들 담배 연기 슬픔의 곳
간 세상의 드라마들 체 게바라 끝내 완성되지 않을
불란서 고아의 혁명 고아의 밤 유령의 밤 흙

탕웨이의 노래를 들었소

환청이었소

자정 이후였소

시가 아니라고 해도 제목이 생각나지 않는 밤
가장 멀고도 아름다운 이름을 붙여주었으면 해

자객 섭은낭은 침묵의 과장과 침묵의 절대 미학
을 보여준다

너무 아름다운 풍경과 침묵의 자객이 이동하는
마음의 경로만이 투명하다

인물은 풍경이 되고 풍경과 침묵이 오히려 자객
이 될 수 있다는 것을 보여준다

줄거리는 영화라는 뼈대를 세우기 위한 최소한
에 그치고 메시지는 대화 사이의 침묵과 침묵이 걸
어가는 풍경으로부터 온다

주의를 기울이지 않고 설거지를 하거나 다른 일
을 하면서 뜨문뜨문 보아도 뭔가 가슴이 저리는 것

은 허우 샤오시엔이 풍경이 전하는 침묵의 발라드
를 완성했기 때문이다

한 편의 시를 완성했기 때문이다

나의 시는 오래도록 고독과 침묵의 식민지를 헤
매었으나

자객 섭은낭을 보면 신라는 멀고도 아름다운 나
라였구나

*

풍경에 머무는 침묵은 하나의 언어다
언어는 바람이 불 때마다 풍경을 바라보는 자에

게 말을 걸어온다

짐승들이 지나간 자리마다 돌멩이들은 꽃처럼
피어난다

불꽃을 이해하는 것은 인간성의 단초이다

자객이 섭은낭이라는 이름을 지니고 숲을 통과
한다

숲을 통과하는 모든 것이 자객이 되는 것은 아니다

마경 소년에게 가기 위하여 자객이 목숨을 거는
것은 아니다

하나의 약속을 지키기 위해 풍경들은 필사적으
로 이파리를 밀어 올리기도 하는 것이다

운행하는 별들의 조건은 그것을 바라보는 시선
의 자유로부터 비롯되기도 하는 것이다

고통이 사물을 깊게 하는 것은 아니지만 고통은
내면에 광활하고 깊은 사유지를 만든다

사유를 한다는 것은 살아 있다는 것이다

살아 있다는 것이 전직 천사의 날개통을 유발하는가

풍경에 머무는 침묵은 하나의 음악이며 악기이다

그것은 풍경에 머물지 않는 침묵도 마찬가지다

천사들이 지나간다

깊은 밤 풍경들이 캄캄하게 꺼지고 그대 내면에 또 다른 풍경이 돋아나고 있기 때문이다

밤은 늙은 짐승처럼 늘 그렇게 앉아 있어 허리가 아프고 천창을 통해 보이는 밤하늘은 또 하나의 밀생일 뿐이다

누가 은밀한 생을 말하는가

허우 샤오시엔의 생은 그의 작품을 통해 일부만이 말해질 뿐이다

모든 것들의 생이 아무런 고통도 없이 펼쳐지는

곳에 우주의 가녀린 숨결이 있다

인간의 언어는 풍경을 배워 더듬거리며 겨우 삶
을 말하는 것이다

말들이 달려가는 별빛 아래의 생이다

누군가는 말을 완성하려고 달려가고

누군가는 침묵하려고 달려가는

누군가의 생의 풍경이다

의열하고 아름다운

낡은 흑백사진 속의 얼굴처럼 흐린 하늘, 톱밥난로 속에서 의열의열義烈義烈 소리를 내며 바알갛게 타오르는 불꽃들

터져 나오는 기침을 가라앉히기 위해 그는 가루약을 입안에 털어 넣는다

한 잔의 차를 마신다 용의 뿔처럼 흩어져 간 동지들을 생각한다

자꾸만 기침이 난다 말을 한다는 건 여전히 아름다운 걸까

눈이 내릴 듯 달무리 가득한 밤 그는 깊은 잠에 들지 못한다

구름이 운반하는 음악들 어쩌면 아침이 오기 전
에 눈발로 떨어질 것이다

마음은 늘 절벽 같아서 한 발만 내딛으면 지상에
서 아름답게 사라질 것이다

사라진다는 건 여전히 아름다운 걸까

눈은 밤새 아와 비아의 투쟁처럼 내려서 무장무장
쌓이는데 허공을 가로지르며 지상으로 걸어오는 눈
발들, 하얗게 진군하는 푸르디푸른 불꽃의 마음들

누군가 밤새 기침을 하더니 기침은 허공으로 다
흩어져버렸나

허공으로 흩어진다는 것은 여전히 아름다운 걸까

생각을 좇아서 다다른 아침

이토록 광활한 고독과 침묵은 여전히 아름다운
걸까

내리는 눈을 바라보는 눈은 여전히 아름다운 걸까

아침의 방문을 열면 봉창을 통과한 햇살이 환하
게 펼쳐진 한 장의 들판을 물고 다시 날아오른다

오 밤새도록 내리고 다시 날아오르는 의열하고
아름다운 이것은 무엇인가

밀생

오늘은 파리 노트르담대성당의 첨탑이 불타고 내일은 불붙은 전 세계의 지붕이 주저앉겠지만 바람이 물고 가는 불씨는 그대 가슴의 대양 어디쯤에서 꺼질 게요

우리의 일부가 불탔다고 하지만 우리는 항상 불타오르고 있었고 언젠가는 꺼지는 것이오

꺼진 영혼들이 허공의 골목길을 떠돌다 모여드는 곳이 그림자들의 블랙홀이오

어두운 기억의 저편에는 떠도는 그림자들의 거대한 블랙홀이 있소

블랙홀은 하나의 기억이 다른 세계로 이동하는

적극적 망각의 통로, 물질들의 영혼이 영혼이라는 물질을 운반하는 환승역에서 또 다른 밀생이 이어지는 것이오

태양은 태양의 자리에서 불타오르고 인간은 태양을 바라보던 자리에서 그렇게 불타오르다가 언젠가는 꺼지는 것이오

태양이 꺼지는 순간이 오면 우리도 함께 사라지는 것이오

점점 희미해져가는 태양의 기억이 그대 가슴에 닿을 때쯤이면 모든 게 사라지고 다시 태어나는 것이오

오늘은 성모마리아의 아름다운 첨탑이 불타고 내일은 바람이 불어 강원도의 거대한 숲을 태우겠지만 세상의 모든 불씨는 그대 가슴 어디쯤으로 날아가 꺼질 게요

그대 가슴속 블랙홀 속으로 세상의 불탄 모든 것들이 사라져가는 밤이오

그러나 아직 태양은 꺼지지 않았으니

그대를 통과한 모든 것들이 이토록 컴컴한 어둠 속에서도 또 다른 아름다운 밀생을 꿈꿀 수 있기를

*

　　레지스탕스 활동을 하는 동안 르네 샤르는 한 편의 시도 쓰지 않았소

　　아무 활동도 하지 않으면서 시를 쓰고 있는 내가 부끄러운 밤이오

　　그는 알 수 없는 재난이 있어 이 세상으로 추락한 고요의 덩어리, 라고 알베르 카뮈는 말하지만 나는 그냥 이 세상으로 추락한 고독과 침묵의 덩어리요

　　장시간 하늘을 바라봐야 하는 임무 때문에 샤르는 태양에 눈을 다쳤지만 낮이 없는 나는 눈을 다칠 일이 없소

다만 고귀하고 위대한 밤이 오면 순백의 별을 핥는 어린 짐승일 뿐이오

우리는 별을 핥는 짐승으로 태어났지만 색깔들, 삶들은 이제 시선이 멈춘 곳에서 다시 태어나야 하오

산다는 것은 오솔길 위를 굴러다니던 자갈을 주워 손바닥 안에 보물처럼 간직하는 법을 배우기 위한 것

시인은 그가 쓴 시에 의해 다시 태어나는 것이오

심장의 북쪽으로 기우는 촛불이 있소

촛불을 들고 심장의 가장 깊은 곳으로 망명하는 사람들을 보았소

생은 언제나 무섭고도 아름다운 것이오, 가장 좋은 것은 술 한잔 마시고 해변에서 잠이 드는 것

식은땀을 흘리며 알롱(가자), 알롱(가자), 알롱(가자), 랭보가 잠꼬대를 하는 밤이오

잠이 오지 않는 새벽에 불란서 영화를 보고 있소

영화는 몽파르나스의 카페 르 돔에서 시작되어 셀렉트를 지나 푸른 바다에서 끝이 나오, 불란서 고아의 지도에 나오는 그 카페들 말이오

공간은 때로 하나의 강력한 캐릭터가 되는 것이오

나의 밤은 당신의 낮보다 더 아름답소, 물론 그래야 하오

장엄하고 고귀한 시인은 위대한 밤에 속해 있기 때문이오

그러나 우리는 여기에 없을 것이오

우리는 구멍을 파오

그리고 삶은 이미

우리들 없이 몰려가고 있소

동방박사들이 시를 찾아가고 있는 밀생의 밤이오

태양의 기억이 흐려져간다

의열단에 관한 기록을 읽는 밤이오

시는 여전히 어둠으로부터 독립하지 못했소

밤은 슬픈 소식만을 전해오오

국가의 성립은 국토, 인민, 주권인데 국토는 여전히 분단돼 있고 인민은 슬프고 주권은 캄캄한 밤하늘로부터 아직 찾아오지 못했소

어디에 초저녁 별빛 같은 시를 던져야 할지 알수 없어 불면의 밤은 여전히 깊소

자본주의라는 괴물이 지구를 위협하는 절체절명의 밤이오

시인은 그 어느 나라의 인민에도 속하지 않소

인류에도 속하지 않소

그러나 이렇게 컴컴하고 어두운 밤이면 실체 없는 괴물과 한바탕 싸움을 하오

탐욕스러운 자본주의와 국가 이기주의를 타파해야 하오

인류에게 드넓은 대초원과 맑은 공기를 되찾아 줘야 하오

그것은 시인이기 때문에 가능한 의무요

연민과 슬픔에 휩싸인 말 한 마리 고독과 침묵의 벌판을 지나 인류의 대초원을 향해 달려가고 있는 밤이오

　여전히 어둡고 컴컴한 행성의 밤이오

* 「태양의 기억이 흐려져간다」―안나 아흐마토바의 시, 안나 아흐마토바가 의열단의 일원이었는지는 그 어느 문서에도 기록되어 있지 않다, 태양은 알고 있겠지, 그러나 태양의 기억이 점점 더 흐려져간다

시라노 드 베르주라크

시라노, 자네의 시는 늘 이 세상에 적을 만들지

라게노, 난 지금 싸우는 게 아니고 시를 쓰고 있는 거야

코가 길었던 검객 시라노 드 베르주라크는 코를 검처럼 사용했을까

코가 뾰족했던 작가 시라노 드 베르주라크는 코를 펜처럼 사용했을까

코가 유난히 컸던 시인 시라노 드 베르주라크는 코를 시처럼 사용했을까

자신의 코를 묘사하는 방법이 50가지가 넘을 거

라고 말했던 시라노 드 베르주라크는 베르주라크에서 어린 시절을 보냈지

시대를 불문하고 시는 언제나 추문에 싸여 있고 시인은 언제나 질투의 대상이지

세상의 불의에 맞서 싸우는 것을 늘 "난 지금 시를 쓰고 있는 거야"라고 말했던 시라노

라게노는 생오노레가에 있는 빵집 라게노의 주인, 시라노의 친구

시라노는 검객, 라게노는 제빵사, 둘 다 시인이지

동서고금을 불문하고 시만 써서는 도무지 먹고

살 수가 없지

시를 쓰는 삶을 살기 위해 최소한의 파트롱을 확보하려는 예술가의 고군분투를 그대는 아는가

그럼에도 불구하고 한 명의 시인을 죽이기 위해 이 세상은 늘 백 명의 사람들을 보내지

추문에 휩싸인 시, 플라톤 씨가 아니더라도 한 명의 디오니소스를 추방하기 위해 전 인류가 달려들지

서서히 미쳐 점진적으로 망해가는 인류

그러나 시인은 인류를 위해 시를 쓰는 건 아니라네

혼자 노래하고 웃고 꿈꾸고 달리고 시 한 편을
쓰기 위해 싸우고 어쩌면 죽을 수도 있지

죽으면 그냥 달에 가는 거야, 거기엔 친구들이
기다리고 있거든

시라노는 말하지

울지 말게 라게노, 요즈음은 뭐 하나?

몰리에르 밑에 있지만 초나 켰다 껐다 하지, 가
끔은 자네의 시를 베끼기도 해

내 시가 곧 자네의 시지, 자네의 마음이 누군가

의 시가 되듯 불란서 고아의 시는 이 세계의 슬픔을
애도할 뿐 이 세계가 불란서 고아를 보듬지는 않지

　　나는 어둠 속에서 시를 읊고 내 시의 페르소나는
발코니 위에서 아름다운 여인과 키스를 하지

　　페르소나는 미남이고 몰리에르는 천재지

　　그게 인생이야

　　숲으로 난 오솔길을 따라 걷다 보면 아무도 걷지
않은 미지의 시공간이 있다

　　시, 길이자 무덤인 곳

여기 한 사람이 묻혀 있다

시라노 드 베르주라크

그는 누구였나

아무도 아니었다

페레그린의 시

페레그린이라는 말의 뜻은 헤매는, 방랑하는

그러나 더 이상 헤매고 방랑하지 않을 거야

아름다운 지붕을 만들어야지 페레그린 씨는 생
각한다

그 지붕의 시간 속에서는 작은 풀씨들이 사계절
날아다니고

새들은 풀씨의 행성을 물고 햇빛 밝은 곳으로 날
아간다

갈대밭의 여자와 남자는 항상 적당한 거리를 유
지하고

멀지도 가깝지도 않은 거리에서 사랑은 늘 아름
답게 흔들리겠지

톰 웨이츠는 모자에서 손을 떼지 않고

모자 속에는 아직 태어나지 않은 노래들이 있어

언젠가 고독한 목소리에 실려 세상으로 쏟아져

나올 거야

류이치 사카모토의 벽에는 초록색과 붉은색 얼굴을 한 여인이 있고

초록색과 붉은색의 날들을 지나면 리산이 시를 쓰는 주말이 오겠지

을지로 정이네 방에서 시인들은 여전히 밤새 술잔을 기울이고

옥이네 아름다운 마당에선 두룹 같은 음악 소리 흘러나오겠지

스무 개의 화분은 스무 개의 텃밭

텃밭에 물을 주면 아피리들의 행성이 돋아나 자전을 시작할 거야

야스나야 폴랴나의 정원에는 흰 수염을 기른 톨스토이의 낮과 검은 콧수염을 기른 막심 고리키의 밤이

산책을 하다 잠시 만나 카메라를 향해 포즈를 취
하겠지

적극적으로 시간과 공간을 선택하고 그곳에 아
름다운 지붕을 만들 것

지붕 아래 그대의 꿈을 모아두고 햇살 아래 비추
어 볼 것

지속 가능한 꿈들을 지속 가능하게 꿈꿀 것

지붕을 침략하는 괴물들은 독한 담배 연기로 물
리쳐야지

지구본을 한 바퀴 돌릴 때마다 하루가 생겨나는
그곳에서

모든 문들은 목재로 되어 있어 햇살 좋은 날이면
문에서 작은 새싹들이 돋아나리니

헤매는, 방랑하는 지상의 광활한 밤

그러나 이제는 별빛을 보며 상상의 대륙을 지나

갈 거야

페레그린 씨는 생각한다

동방박사들은 아주 오랜 밤을 걸어

이제사 그토록 찾아 헤매던 시에 거의 당도했으니

황금과 유향과 몰약은 새로 태어나는 시에게

미국에서는 여전히 미국의 송어 낚시를

파리에서는 여전히 파리의 모샘치 낚시를

체 게바라가 혁명적 인간으로 완성되어가는 동안

아껴둔 술병에선 술들이 익어가고 밤하늘엔 별들이 익어갈 테니

그대는 불란서 고아의 지도를 조금씩 그리며 아름다운 지붕을 완성해야지

의열하고 아름다운 날들은 여전히 남아 있어

어느 날 문득 페레그린의 시가 그대의 가장 아름다운 지붕이 될 때까지

패러사이트

패러사이트parasite, 너는 참 아름다운 시니피앙
을 가지고 있구나

패러사이트, 패러사이트 속으로 조용히 발음하
다 보면

푸른 하늘에서 고요히, 소리도 없이 내려오는 패
러슈트parachute들이 보인다

봉준호는 시인, 그가 아니면 잊혔을 패러사이트

패배한 러시아 땅에서 새롭게 움트는 새순의 사
이트 같은 패러사이트

시인이란 진부한 사물에 새로운 상징을 부여하
는 자

언어를 통해 새로운 세계를 창조하는 자

진부책방에서 낭송회를 하자고 했을 때 일순간
내 머리 속에는 하얀 메밀꽃들이 피었고

머리 위에는 굵은 소금 같은 별들이 빛났지

진부책방은 진부에 있는 줄 알았지, 하지만 진부책방이 어디에 있든

진부책방은 진부책방 리스본책방은 리스본책방

진부책방, 진부책방 속으로 조용히 발음하다 보면

어둡고 고요한 마을에서 달의 전등을 켜놓고 책을 읽는 사람들이 보인다

사람이란 사물에 대한 최소한의 예의를 갖춘 짐승, 언어의 이불을 덮고 추운 겨울을 나는 세상 모든 사물의 일부

누군가는 다락방에서 내리는 눈발을 바라보며 시를 쓰고

누군가는 반지하방에서 흘러넘치는 지상의 빗물을 바라보며 시를 읽는다

어느 날은 참담한 죽음을 애도하는 아리랑이 부다페스트 다뉴브 강가에서 슬프게 들려오고

어느 날은 발해만에서 미리견을 향해 대륙간 탄도미사일 실험체가 발사되기도 한다

세상의 밴드들이 아름다운 노래를 연주하긴 하지만 그것만으로 고독과 침묵의 삶을 횡단할 수는 없는 것

낱낱의 음악이 결국은 위대한 밴드를 이루리니

시는 음악을 종이에 녹음한 것이며 음악은 세상의 모든 사물이다

나에겐 목각으로 된 작은 새가 있지

나의 반지를 새의 목에 걸어주면 목걸이가 되지

독립적인 영혼은 독립적인 공기를 마시며 존재한다

흔들의자는 자기만의 리듬을 갖고 있지

눈표범은 히말라야의 목걸이

오늘도 나는 눈표범을 목에 걸고 히말라야를 걷는다

패러사이트, 패러사이트, 속으로 조용히 발음하다 보면 푸른 밤하늘에서 고요히, 소리도 없이 내려오는 눈, 눈의 패러슈트

패러슈트, 패러슈트, 오 패러사이트

라흐 뒤 픽사리L'art du Piksari 만세!

정선

어느 청명한 날

강가에서 바라보느니

숙신 읍루 물길을 따라왔구나

춘분을 지나 곡우로 가던 오랑캐

말갈이라 불리며 여기까지 왔구나

흑수말갈도 속말말갈도 아닌 그대는

벚꽃이라 불리는 허공의 오랑캐

청명에서 곡우까지는

허공의 아흔아홉 구비

바람에 이리저리 흩어지며

여진여진 여기까지 왔구나

이름이 없어 서러운 오랑캐

자갈돌에 맺힌 물방울처럼

말갈말갈 구르며

여기까지 왔구나

산골 극장

용처럼 등이 굽은 야산에 봄이 오면

용들은 모두 어디로 가나

구불구불 파아랗게 흘러서

숨겨진 사랑을 찾아가나

아지랑이 자욱이 피어오르는 시골 강변길을 따라

자전거를 탄 보들레르 아저씨

머리카락 휘날리며

정선 읍내 술집으로 가고 있다

오늘 밤에는

정선 읍내 별빛들

밤새 홍청거리겠다

불란서 고아의 지도

잠자리에서 일어나 창문을 열고 덧문을 젖히고 하늘을 향해 얼굴을 들면 전개될 하루가 하늘 위에 그려져 있듯, 영혼의 모든 인상은 얼굴 위에 그려진다

—파스칼 키냐르

PIN

020

불란서 고아의 음악

박정대

에세이

불란서 고아의 음악

─톰 웨이츠의 「Jockey Full of Bourbon」

톰 웨이츠의 「자키 풀 오브 버번Jockey Full of
Bourbon」을 듣는 밤이다

짐 자무시의 「다운 바이 로Down by Law」의 첫 장
면처럼 폐허 같은 도시의 풍경과 마음의 텅 빈 골목
을 울리며 「자키 풀 오브 버번」이 흐른다

흑백영화의 밤이다, 어둠과 밝음으로 가득 찬 고
아의 마음이 흑백영화의 밤에 몇 개의 별빛처럼 놓

여 있다

  그것이 음악이다. 깊은 어둠과 광대한 고독의 벌
판을 지나가는 고아의 발자국 소리

  발자국 소리가 끝나는 곳에 숲으로 난 오솔길이
있을 것이다

  어깨에 행낭을 걸치고 세상의 모든 길을 떠돌다
온 고아는 오솔길을 따라 천천히 걷다가 고독을 탐
닉한 낮고 거친 목소리로 이렇게 말할 것이다

  날씨 참 좋네요

  담배 한 대 피우러 가야겠어요

  같이 갈래요?

  숲으로 난 오솔길을 따라 걷다 보면 파리Paris의

지하로 뻗어 있는 수염이 보일 것이다

　톰 웨이츠, 박정대, 짐 자무시, 닐 영, 빅토르 최 등 불란서 고아의 수염이다

　이 수염으로부터 음악이 흘러나온다

　이런 장르를 소용돌이 음악이라고 한다

　자, 지금부터 불란서 고아의 음악인 소용돌이 음악을 들어보자

　파리의 지하 수염은 말한다

　누군가의 수염은 한 곡의 음악이다

　지금부터 불란서 고아의 지도를 따라가며 듣는 음악과 파리의 지하 수염에 대해 말할 것이다

파리의 지하 수염과 인류의 음악이 형성된 과정에 대해 말할 것이다

어제는 아주 날씨가 좋지 않았는데 인사이트호는 화성에 안착했고 세상의 모든 음악을 들으며 누군가 밤새 시를 썼다

시란 무엇인가, 음악이란 무엇인가

파리의 지하 수염은 말한다

시는 음악을 종이에 녹음한 것이며 음악은 세상의 모든 사물이다

소리가 굳어져 하나의 형태를 이룬다면 세상의 모든 사물은 음악이 되는 것이다

사운드는 하나의 미세한 소립자이며 물질이기 때문이다

파리의 지하 수염은 말한다

인간의 모든 시공간은 음악으로 채워져 있으며
인간은 산소처럼 음악을 숨 쉰다

화성에 도착한 인사이트호에서 보내오는 음악은
무엇인가

들라크루아박물관 다락방에 앉아 시인이 듣는 음
악은 무엇인가, 그것은 분명 다를 것이다

파리의 지하 수염은 말한다

나는 시를 작곡하고 노래한다, 일테면 싱어송포
엣Singer-songPoet인 것이다

파리의 지하 수염은 말한다

그대는 불란서 고아인가, 소용돌이 음악은 무엇

인가

박정대는 말해보시오

음악이오?

그런 거 잘 몰라요

그는 질문에 주저하며 말을 시작한다

그리고 몇 차례 운을 떼지만 제대로 이어나가지 못하다가, 서서히 한두 마디를 던지고, 이어 본격적으로 유창하게 이야기를 풀어낸다

그리고 자신의 논지를 반복한 뒤 말을 멈춘다

조용한, 왠지 적절하게 느껴지는 침묵이 내려앉는다

그는 다음 질문을 기다린다

그는 평온한 모습으로 한동안 그렇게 기다릴 수 있어 보인다, 라고 제인 샤피로는 썼다

스톡홀름 국제 시 축제에 갔을 때 스칼라극장에서 했던 공연이 기억에 남아요

공연은 저녁 여덟 시부터 시작되는 경우가 많았는데 스톡홀름의 11월 말은 낮 두 시부터 이미 어두워졌으므로 공연이 시작될 무렵의 어둠은 유난히 깊은 울림을 지니고 있었어요

어둠 속의 어둠 속에 있다고나 해야 할까요

이미 어두워진 대낮 위로 또다시 밀려온 저녁의 어둠이 캄캄하게 저를 에워쌌죠

공연장으로 가기 위해 숙소를 빠져나와 거리를

걸을 때면 두껍고 검게 쳐진 무대 커튼을 한 겹씩 열어젖히며 앞으로 나아가는 기분이었어요

그것은 그때까지 어디에서도 겪어보지 못한 두 겹의 어둠, 단단하고 차가운 두 겹의 음악이었어요

밤마다 몇 겹의 어둠으로 덮여 있는 거리를 걸어 쿵스가탄가를 통과해 스톡홀름 시청사까지 갔다가 돌아오는 산책을 할 때면 스스로에게 묻고 대답하곤 했어요

시인이란 자신이 만든 무한의 어둠 속에서 인류를 위해 한 점의 불씨를 탐구하는 자가 아닐까

시는 무한의 어둠 속에서도 스스로 피어나는 한 줄기 불꽃이 아닐까

음악이란 어둠 속에서 타오르는 불꽃, 불꽃이 내는 소리, 소리가 사라진 완전한 침묵의 공간에서도

무수한 공기의 행성으로 다시 돋아나는 것이 아닐까

무대에 입장할 때 엔지니어에게 미리 부탁해서 톰 웨이츠의 「리틀 드롭 오브 포이즌Little Drop of Poison」을 틀었어요

저는 「톰 웨이츠를 듣는 좌파적 저녁」을 읽었구요

톰 웨이츠는 신나게 노래를 불렀지요

'인터내셔널 포에트리 급진 오랑캐 밴드'를 사회자는 '인터내셔널 포에트리 래디컬 바바리언 밴드'라고 소개했어요

저는 바바리언 밴드가 아니라 오랑캐 밴드라고 정정했구요

오랑캐가 뭐냐구요?

오랑캐는 Orangke!

낭송하는 데 거의 10분 정도 걸리는 「파르동, 파
르동 박정대Pardon, Pardon Pak Jeong-de」 같은 시를
스톡홀름의 밤에 자신의 모국어로 당당하게 읽는
별종들이죠

스칼라극장을 가득 채운 관객들이 모두 기립 박
수를 쳤어요

탁 소 미케, 대단히 감사합니다

저는 고개를 숙여 인사를 했지요

스톡홀름의 깊은 어둠과 어둠 속에서 반짝이는
무수한 별들에게요

파리의 지하 수염은 말한다

불란서 고아의 음악이란 또 무엇인가

불란서 고아의 음악이오?

그런 거 잘 몰라요

박정대는 잠시 주저하며 호주머니에서 담배를 꺼내 조심스럽게 피워 문다

마치 하나의 분명한 대답처럼 담배 불꽃이 어둠 속에서 선명하게 타오른다

시, 박정대는 말한다

두려움 없이 전진하라, 교황 프란체스코는 말한다

시, 두려움 없이 전진하라고?

파리의 지하 수염은 말한다

두려움 없이 전진하는 시란 무엇인가

두려움 없이 전진하는 시가 무엇인지는 알 수 없지만 장 드 파Jean de Par에 의하면 불란서 고아는 예술의 고아지요

아직 인간으로 태어난 적도 없는, 그래서 인간의 그 어떤 맥락으로도 헤아릴 수 없는, 이 지상의 밤을 헤매는 고아, 그저 허공을 떠도는 영혼의 고아 같은 것을 말하는 것이겠지요

박정대와 짐 자무시는 파리의 지하 수염이라고 들었다

그렇다면 파리의 지하 수염이 될 수 있는 전제 조건이 불란서 고아인가

그렇지요, 불란서 고아가 파리의 지하 수염이 될 수 있는 전제 조건인 셈이죠

제가 알기로는 톰 웨이츠와 닐 영도 파리의 지하
수염이에요

더 이상은 말할 수 없어요

지금은 침묵하고 기도해야 할 때라고 교황 프란
체스코는 말한다

지금은 고독하게 내면으로 침잠해야 할 때라고
박정대는 중얼거린다

이어지는 말들은 대부분 파리의 지하 수염과 박
정대와 짐 자무시의 것이 의도적으로 변형되어 섞
여 있지만 그렇지 않은 것도 있을 것이다

현실에 근거한 그 어떤 개연성도 없고(있을 수도
있고) 사건이나 서사 구조도, 일말의 필연성도 없
다(있을 수도 있고)

오로지 반복만이 있을 뿐이다

'없음'을 반복하는 반복의 '있음'이 세상에서 가장 아름다운 시를 탄생시킬지 누가 아는가?

파리의 지하 수염은 말한다

그대들이 살고 있는 이 행성은 몇 개의 음향으로 이루어진 한 편의 시다

그러니까 이것은 종이에 녹음된 한 곡의 음악, 그대들도 중얼거리며 이 행성의 음악을 들어보길 바란다

영상은 소리의 소립자들을 빛의 소립자로 전환시킨 것이다

빛과 그림자가 이루는 음영의 계단을 밟고 내려가 사물의 본질에 닿으면 거기에 태초의 음악이 있다

음악은 보인다

소리는 강력한 하나의 물질이다

보이고 움직이는 것들, 보이지도 않고 움직이지도 않는 것들, 그 모든 것들이 인류의 내면으로 스며들어 감정의 원천이 된다

그대가 감정을 지닌 인류라면 그대는 지금 음악의 한가운데에 있는 것이다

그대는 지금 한 편의 영화를 본다 그걸 달리 말하자면 그대는 지금 한 곡의 음악을 연주하고 있는 것이다

짐 자무시는 말해보시오

사람들은 자신과 직접적인 관련이 없는 시대에 매혹을 느껴요

그 시대로 가고 싶다는 마음이 있기 때문에 영향을 받게 되구요

최근에 도시를 벗어나 어느 시골 지역에서 주말을 보낸 일이 있는데 그곳의 침묵이 제 신경을 곤두서게 하더라구요

잠을 이루기가 쉽지 않았어요

어떠한 소음도 없었기 때문이죠

저는 많은 것에 영향을 받아요

움직이는 건 무엇이든 저에게 영향을 미친다고 할 수 있죠

여자들에게서 받는 영향은 책에서 받는 영향과는 다른 것이죠

여자들에게서 받는 영향은 급격하고 근본적이며 총체적인 것이에요

「불란서 고아의 지도」라는 영화는 암전으로 분리된 44개의 숏들로 이루어져 있어요

사실 대학에서 공부를 할 무렵엔 작가가 되고 싶었어요

그래서 문학을 공부한 거죠

그런데 파리에 있는 동안 그리고 이곳에 다시 돌아와서 쓴 글들을 보니까, 너무 많은 영화들을 봐서인지 제 글이 점점 영화적으로, 점점 시각적으로 되어가는 거예요

뭐 누구나 그렇지요

시를 쓰고 싶어 하지만 시를 쓰지 못하는 사람들

이 결국은 다방면의 예술가가 되지요

그런 의미에서 시인은 예술가의 총감독이에요

대단한 실력을 갖춘 뮤지션만이 록 밴드를 만들 수 있는 건 아니라는 생각들을 하기 시작했죠

악기를 전문적으로 다룰 줄 아는 기술적 측면보다 음악 정신이 더욱 중요하다는 거였어요

인터내셔널 포에트리 급진 오랑캐 밴드의 음악도 마찬가지예요

새로운 개념의 음악을 시작하는 거죠

모든 록 밴드의 사명이죠

「불란서 고아의 지도」라는 영화의 전체적인 포인트는 어떤 특정한 클리셰들은 피하면서도 한편으로

다른 클리셰들을 포함시키는 거였어요

　가끔은 말을 하면서도 제가 무슨 말을 하고 있는지 모를 때가 있어요

　제 작품에서 암전을 사용한 이유는 어떻게 시간의 경과를 나타내는가 하는 문제와 연결되죠

　암전, 암전이라는 말 참 좋지 않나요?

　시간의 표시는 예술과 인생에서 가장 중요하고도 본질적인 메타포예요

　종종 사람들은 자신이 상대방에게 무슨 말을 하고 싶은지 깨닫지 못해요

　결국 너무 늦은 후에야 그걸 깨닫지만 더 이상 말할 기회는 남아 있지 않죠

결국은 모든 게 시간의 문제예요

메타포를 사용하는 사람과 그것을 받아들이는 사
람의 감각과 인식이 서로 다른 까닭이에요

파리가 유럽의 수도라고 흔히 말하지만 저는 파
리가 유럽의 일부라는 느낌이 들지 않아요

일종의 감정의 자유무역항 같죠

파리는 유럽과 그다지 관련이 없는 곳이에요

정선도 마찬가지예요

태평양과 한반도 사이에 있는 섬이면서 이 세계
의 내면이죠

예, 그렇죠

뭐라구요?

휴지pause라는 건…… 저에겐 정말 때때로 말보다 더욱 중요해요

때로 캐릭터들이 아무 말도 없는 순간, 바로 그 고요한 순간이 대사보다 훨씬 더 중요하죠

왜냐하면 그러면서 캐릭터가 자신을 발견하는 경우가 종종 있기 때문이에요

실생활에서 실제로 일어나는 일이죠

연인들이 입맞춤을 할 때 그것은 하나의 휴지이면서도 격렬한 대화이기도 한 것처럼요

각각의 음이 하나하나 이어지면 음악이 되는 것이다, 라고 저는 배웠어요

시도 마찬가지죠

각각의 음소들이 이어지면 한 편의 시가 되는 것
이죠

인생도 마찬가지일 거예요

오늘은 하늘이 드높고 하늘엔 구름 같은 것들이
떠다녀요

너무 생생해서 구름 같은 거라고 표현해봤어요

인생이란 언제나 떠다니는 구름 속에 다 포함되
어 있어요

전 낯선 장소에 툭 던져지는 걸 좋아해요

어디서든 잠을 잘 자죠

특히 좋아하는 건 이른 밤 시간에 바닥에 드러눕
는 거예요

장소가 어디든 딱 30분 정도 그렇게 누워서 제가
들을 수 있는 모든 소리에 귀를 기울이는 거예요

음악을 듣는 것처럼요

아주 멀리서, 그리고 아주 가까이서 여러 소리가
들려오죠

때로는 알아듣기 어려운 사람들의 말소리가 들리
기도 하구요

그건 정말 아름답죠, 아주 좋아해요

글쎄요, 전 정말 여자들을 좋아해요

사랑했던 이들이나 아주 가깝게 지낸 여자들로부

터 참 많은 걸 배워온 것 같아요

정서적인 측면이나, 상상력 같은…… 아무튼, 남
자들과 어울려 있을 때 결코 얻을 수 없는 것들이죠

그러나 더 구체적으론 설명할 수 없어요

하지만 정말…… 여자를 잘 모르겠어요

여자들 곁에 있는 건 저에게 중요해요

전…… 남자들하고 있으면 무척, 뭐랄까…… 한
쪽으로 치우치는 느낌이 들어요

마치…… 모르겠어요, 그냥…… (절망적으로)
말을 못하겠어요

파리의 지하 수염은 말한다

하루의 고된 노동을 끝낸 사람이 퇴근길 사람들로 붐비는 만원 지하철을 타고 집으로 돌아와 자신만의 다락방에 당도했을 때 느끼는 감정의 무한

그 어디로도 투항할 수 없는 마음을 어느 순간 자신의 내면 깊은 곳으로 망명하게 하는 것

잠시 눈을 감았다 뜨면 이 세계를 바꿀 수 있는 마음

눈을 감았다 뜨기만 하는 불란서혁명의 기술 말고 그 어떤 현실적 무게를 예술적 상상력으로 치환할 수 있는 강력하고도 뜨거운 마음의 무한

그것을 불란서 고아의 마음이라고 하자

머리를 길게 기른 젊은 닐 영이 통기타를 치며 「하트 오브 골드Heart of Gold」를 부른다

원숙한 젊음의 어떤 모습은 진부도서관의 마음과 닮아 있다

그렇다면 진부도서관의 마음이란 무엇인가

아무나 말해보시오

어떻게 보면 가장 평범한 것들이 가장 낯설죠

저는 단순한 것들에 끌려요

제가 좋아하는 감독은 존 카사베츠John Cassavetes 예요

카사베츠의 영화를 보면서는 내내 잤어요

꿈속에서 아주 아름다운 음악을 들었죠

꿈속에서 카사베츠와 나는 담배를 피우며 우리의

인생에 대해 슬프도록 진지한 이야기를 했죠

존 카사베츠를 생각하면 왜 하늘에 떠가는 구름들이 떠오르는지 모르겠어요

하늘엔 구름들이 떠가요

구름의 단순성과 비정형성 속에 세상의 모든 것들이 있어요

상상력의 망명정부, 구름 속에는 이 지상을 살아가는 각자의 망명정부가 있을 거예요

시나 영화나 노래, 그리고 다른 어떤 것이든 아주 단순한 구조를 지닌 것들이 사람들의 마음을 움직이곤 해요

어떻게 톰 웨이츠에게 다른 목소리를 입힐 수 있겠어요?

톰 웨이츠를 더빙한다는 것은 박정대의 「톰 웨이츠를 듣는 좌파적 저녁」을 다른 언어로 번역해 읽는 것과 다를 바가 없어요

로베르토는 언어를 마치 무기처럼 사용해요

그런데 그 무기는 강력하면서도 사람을 움직이는 힘이 있어요

개인적으로 저는 어리둥절해하는 상태를 좋아해요

무언가 너무 분명하고 확실한 것은 저에게 상상력을 불러일으키지 않아요

어리둥절해하는 상태의 상상력이 예술을 촉발시켜요

어떻게 보면 이 행성은 이미 모든 게 너무 늦었다는 생각이 들어요

그래서 가장 단순한 것들이 가장 소중하게 느껴지죠

예를 들어 대화라든가, 누군가와의 산책, 또는 구름 한 점이 지나가는 방식, 나무 이파리들에 떨어지는 빛, 또는 누군가와 함께 담배를 피우는 일

이러한 일들이 온갖 유식한 잡동사니 헛소리들보다 훨씬 더 가치가 있어요

이상적으로 영화는 3년에 한 편씩을 만드는 게 맞는 것 같아요

시집은 2년에 한 권씩 써내는 게 맞는 것 같구요

음악은 세계의 변방을 떠도는 오랑캐들의 발자국 소리니까 듣고 싶으면 언제든지 들으세요

물론 일상의 노동을 벗어나, 모든 조건이 갖추어

진 상태에서 그렇다는 거예요

저는 저 자신을 그저 소소한 시를 쓰는 마이너 시
인쯤으로 생각해요

거창한 서사시 같은 걸 쓰고 싶은 생각은 없죠

저는 중국 황제에 대한 시보다 자신의 개를 산책
시키는 한 사내에 대한 시를 쓰고 싶어하죠

음악이 저를 장소로 이끌어요

장소는 저를 추억으로 이끌구요

전 아주 강한 정치적 견해들을 가지고 있어요

하지만 제 작품이 공공연한 정치적 표현의 장이
라고 여기진 않아요

저는 자리를 빼앗기고 주변부를 맴도는 캐릭터들에 대한 시, 그리고 그들이 일견 중요해 보이지 않는 사소한 것들을 행하는 시를 통해 탐욕적인 현실에 반기를 드는 거예요

그리고 저를 매료시키는 건, 각각의 모든 사람들이 지닌 삶에 대한 시각이 독자적이고, 다른 누구의 것과도 다르다는 점이에요

제가 관심을 갖는 부분은 인식과 상황의 그러한 작은 차이점들이죠

그게 제가 발자크Balzac를 좋아하는 이유이기도 해요

발자크가 인생을 살면서 어느 순간 발작을 일으킨 이유이기도 하구요

그러한 차이점들이, 그리고 그 모호한 경계점들

이, 이 행성에서 살아가는 데 있어 저를 가장 유쾌하게 자극하는 것들이죠

하지만 슬프게도, 역설적으로, 그러한 차이점들이 세상의 아름다움을 정의하면서도, 세상이 지속적으로 존재하는 것을 막을지도 모르죠

당신은 '리 마빈의 아들들 인터내셔널'이라고 불리는 비밀결사의 멤버인 걸로 알고 있는데요

사실이에요, 하지만 저에겐 조직에 대한 정보를 누설할 권한이 없어요

그런 게 존재한다는 것만 말씀드릴 수 있을 뿐이죠

조직의 다른 인물들 세 명은 확인해드릴 수 있어요

톰 웨이츠, 존 루리 그리고 리처드 보스예요

다들 긴 얼굴을 가진 사람들이군요

그건 회원이 되기 위한 전제 조건이에요

리 마빈과 관련지을 수 있을 법한, 다시 말해 아들이 될 수 있을 만한 그런 얼굴 구조를 가져야 해요

우린 공식 성명서도 발표했고, 비밀 회동도 갖고 있죠

더는 말할 수 없어요

무가당 담배 클럽에 대해서도 마찬가지예요

인터내셔널 포에트리 급진 오랑캐 밴드의 멤버들은 확인해드릴 수 있어요

리산, 강정, 신동옥이에요

그들은 모두 시인이고 전직 천사들이죠

보통 저는 특정한 인물이나 장소를 염두에 두고
시를 써요

그렇게 시의 캐릭터를 구상하고 나서 인물이나
장소에 대한 상상과 함께 시를 써나가죠

시의 전체적인 분위기는 시의 캐릭터에 의해 만
들어질 테니까요

박정대가 시가 6밀리를 피우며 운을 뗀다

짐 자무시가 카멜 라이트를 피우며 히죽댄다

파리의 지하 수염은 '집시 여인'이라는 뜻의 지탄
Gitane을 피워 문 채 잠시 말이 없다

세 사람이 피워 올리는 담배 연기는 허공으로 흩

어질 듯 흐르다 어디에선가 만난다

허공은 하나의 시점이고 지점이다

저는 소위 드라마틱하다고 여겨지는 것들을 강조
하고 싶지 않아요

시의 캐릭터가 정적인 상태에서 시인이 그를 탐
구하고, 거기에 음악이 더해지면, 시인의 시선 자체
가 하나의 캐릭터가 되죠

저는 시를 쓰는 시인이 눈에 띄지 않는 게 좋아요

제가 사랑하는 사람이 강력한 캐릭터의 소유자이
지만 눈에 띄지 않는 것처럼 말이에요

프랑수아즈 아르디는 파리의 지하 수염이 좋아하
는 가수 가운데 한 명이에요

이자벨 아자니는 박정대가 좋아하는 배우 가운데 한 명이구요

짐 자무시가 가장 좋아하는 배우 가운데 한 명은 위노나 라이더예요

저에게, 시의 정수는 그 시에서 어떤 궁극의 이미지를 보여주는가 하는 점이지, 자신의 생각을 생각한 것과 똑같이 표현하는 것은 아니에요

영화를 만드는 과정에서 제가 가장 좋아하는 파트는 촬영이에요

시를 쓸 때 제가 가장 좋아하는 파트는 썼다가 지워가는 과정이구요

영화의 기본 구조는 지구의 자전이죠

시의 기본 구조는 지구의 공전이구요

암전, 암전이라는 말 참 좋지 않나요?

가령, 영화를 찍는 방법

비디오카메라를 구입한다, 몇 개의 숏들로 이루어진 영화를 찍을 것

가령, 시를 쓰는 방법

먼저 쓰라 그리고 사고하라

이 글의 서술자가 혼동된다구요?

당연하죠, 의도된 중구난방, 속수무책이에요

이 세상에서 가장 아름다운 책이죠

눈 내리는 밤과 서리 내리는 새벽을 고독의 문자로 기록한 설상가상의 시, 이 세상에서 가장 아름다

운 시죠

제가 다닌 대학교는 학생들의 작품으로 영화제를
열었어요

저도 출품을 했구요

그런데 학교는 제 작품에 퇴짜를 놓았을 뿐만 아
니라 정말 지독한 내용이 담긴 편지까지 보냈어요

대략 '대체 이 쓰레기는 뭐냐?' 하는 내용이었죠

저는 그저 난감할 따름이었어요

당시 록 밴드에서 연주를 하면서 전 이렇게 생각
했어요

좋아, 아무튼, 영화는 한 편 만들었으니까 앞으로
는 더 이상 안 만들거야

아무도 내 영화를 원치 않으니까

그래도 최소한 영화 한 편은 만들었으니까 됐지 뭐

매 순간의 암전, 저는 아무튼 암전이 좋아요

캐릭터들 앞에 그저 카메라를 놓아둔다는 아이디어는 오즈 야스지로와 닮았어요

아무래도 제 미학적 취향은 더욱 단순한 형식 쪽으로 기우는 경향이 있어요

배우들에게는 롱테이크가 그 무엇보다 더 낫다고 생각해요

캐릭터를 좀 더 길게 유지할 수 있는 연극과 더 가까워지니까요

영화 연기에 경험이 많지 않은 배우들과 작업할

경우, 그리고 감독으로서 경험이 많지 않은 상황일 때도 롱테이크는 도움이 돼요

시에서 장시가 가끔 시인들에게 도움이 되듯이 말이에요

흥미로운 배우가 있다고 치면 그의 연기에서 50퍼센트 정도는 목소리에서 나오는 거예요

흥미로운 시인이 있다고 치면 그의 시에서 50퍼센트 정도는 역시 목소리에서 나오는 것이구요

발성법, 문장의 구성 방식, 그것이 예술을 구성하는 기본 소립자들이에요

저는 로베르토 베니니가 문장을 구성하는 방식이 참 좋아요

좀 긴가민가할 때면 그는 모든 걸 다 한꺼번에 쏟

아내요

대충 이렇게요

그래, 이것을 우리는 꼭 해야만 반드시 해서 위해서 하도록 해야 해

어떤 걸 골라야 할지 모르기 때문이에요

저는 시인들이 쓰는 시의 의미 파악을 뒤로 미룬 채 시를 읽는 것을 좋아해요

나름대로 시에 빠져들게 되죠

언어라는 건 우리가 소통을 하기 위해 쓰는 하나의 부호예요

하지만 그 부호 체계 안에서조차 우리는 그 사람이 하는 말의 고저나 억양을 통해 그의 정서적 상태

를 말할 수 있죠

저는 수많은 메모들을 해놓은 뒤 거기서 일부를 골라 본격적으로 시를 써나가요

존 케이지는 '아무것도 아닌 것'에 대한 강연에서 이렇게 말하죠

나는 아무것도 아닌 것에 대해 얘기할 테고, 오늘 내 강연의 주제는 아무것도 아닌 것입니다

그래서 내 얘기를 들어도 우리는 아무 데도 이르지 못하고, 나는 아무것도 아닌 것에 대한 얘기를 할 뿐이죠

잠을 자고 싶은 사람이 있다면 눈치 볼 것 없어요

왜냐하면 난 여전히 아무것도 아닌 것에 관한 얘기를 하고 있을 테니까요

자리를 뜨고 싶으면 그렇게 하세요

우리는 여전히 어디에도 이르지 못한 채, 아무것도 아닌 것에 대해 얘기하고 있을 테니까요

시를 쓴다는 건 마치 화강암을 큼지막하게 잘라 내는 것과 같죠

원하는 적당한 모양으로요

그리고 이제 그 모양이 머릿속에 있던 것과 정확히 일치하지 않는다 싶으면 조각을 하듯 조금 더 다듬는 거죠

저는, 이런 과정을 좋아해요

모딜리아니가 한밤중에 파리의 채석장에서 돌을 훔치고 있을 때, 이미 그 돌 속에서는 「카리아티드」가 태어나고 있었던 거죠

그것은 카리아의 여인을 형상화한 조각이지만 이미 슬프고도 아름다운 한 곡의 음악이었구요

시 속에는 모든 게 있어요

음악, 회화, 심지어는 화학까지도 있어요

하프를 켜던 여인이 그림 그리는 여인을 오른쪽 팔로 감싸고 있는 아름다운 그림이 있어요

1782년 앙겔리카 카우프만이 그린 거죠

그림의 제목은 '회화를 안은 시'예요

시는 모든 걸 껴안죠

저는 담배에 대해 하나의 물질로서 무척 존중하는 마음을 가지고 있어요

담배에 대한 서구의 태도를 보면 꽤 묘한 느낌이
들어요

와우, 사람들이 그것에 중독되어 있어, 그것 때문
에 얼마나 많은 돈을 낭비하는지 생각해보라, 라고
하면서 말이에요

이곳의 토착민들에게 담배는 여전히 신성한 것
이죠

담배는 남의 집을 방문할 때 선물로 들고 가는 것
이고, 기도를 할 때 피우는 것이죠

육체적인 삶이란 우리가 매일 행하는 바로 이 여
행인 거죠

「이어 오브 더 호스Year of the Horse」는 닐 영과
크레이지 호스Crazy Horse의 음악을 다룬 자무시의
영화죠

「파르동, 파르동 박정대Pardon, Pardon Pak Jeong-de」는 박정대와 인터내셔널 포에트리 급진 오랑캐 밴드의 음악을 다룬 영화구요

박정대의 시에서 음악은 늘 중요한 요소였어요

존 루리, 톰 웨이츠, 스크리밍 제이 호킨스, 그리고 이기 팝과 같은 뮤지션들이 그의 시에 가공의 캐릭터로 빈번히 등장했고, 시집의 사운드트랙에도 참여해왔어요

닐 영 역시 자신의 음악적 성과물들을 필름에 담아 세상에 선보여온 역사가 결코 짧지 않았구요

「이어 오브 더 호스」의 독창성은 새롭다거나 혁신적인 록 콘서트 다큐멘터리 제작 기법과는 그다지 관련이 없어요

이 영화가 돋보이는 이유는 바로 '음악'을 제대로

담아냈기 때문이죠

　여기서 음악과 영화 사이의 상호 보완성은 한 치의 모자람도 없어요

　「이어 오브 더 호스」는 철저하게 올곧은 로큰롤 영화예요

　「파르동, 파르동 박정대」는 철저하게 시적인 영화구요

　누가 말했는지는 잘 기억나지 않네요

　뭐랄까, 닐 영 스타일의 작업 방식이라고 할 수 있죠

　일단 시작해라, 그리고 무슨 일이 벌어지는지 한번 보자

닐에겐 좌우명이 있어요

한 번 할 만한 가치가 있는 일은 계속 반복할 만한 가치가 있다

닐 영은 과거가 자신을 따라잡을까봐 두려워해요

그래서 물어봤죠

왜 다른 밴드로부터 이 사내들을 훔쳐 왔습니까?

닐, 고백하시오

웃음은 정신 건강에 좋죠

오스카 와일드는 이렇게 말했어요

삶이란 심각하게 받아들이기엔 너무나도 중요한 것이다

한 늙은 무사가 쓴 『하가쿠레〔葉隠〕』라는 일본 책에는 이런 말도 나와요

큰일은 힘을 빼고 대처하고, 작은 일은 진지하게 대처하라

야구는 무척 아름다워요, 다이아몬드 위에서 경기를 하죠

한국이나 미국의 어느 지역이든 바 한 군데를 찾아 들어가 그저 '시'라는 단어를 한번 말해보세요

아마 뭇매를 맞을 거예요(웃음)

하지만 저에게 시는 무척 힘 있고 아름다운 형식이에요

또한 많은 언어상의 혁신은 시에서 오죠

시인들은 늘 앞서가는 사람들이에요

그들의 언어에 대한 감각, 그들의 비전이 그것을 가능하게 하죠

언어는 추상화되고, 시의 형식 속에서 무척 아름다운 부호로 사용될 수 있어요

여러 뉘앙스로, 다양한 의미로 변주될 수 있죠

그 안에 음악이 담겨 있기도 하구요

또한 산문에서 축소된 것이기 때문에 수학적이면서도 아주 추상적이에요

많은 시인들이 사회가 용인하는 범위의 가장자리에서 살았어요

결코 돈을 벌기 위해 시를 쓰지 않았죠

윌리엄 블레이크의 경우 오직 그의 첫 시집만이 정식으로 출간되었어요

그 이후에는 평생 자비로 출간을 했구요

살아생전에는 누구도 그의 시에 제대로 관심을 보이지 않았어요

많은 시인들의 경우 역시 마찬가지죠

저는 시인들을, 뭐랄까, 법의 테두리에서 벗어난 선각자들이라고 생각해요

모르겠어요. 저는 시가 좋아요, 누가 뭐래도 시가 좋아요

그렇다고 해서 저에게 뭐 시비 걸 분 계신가요? (웃음)

숲으로 난 오솔길을 따라 걷다 보면 파리의 지하로 뻗어 있는 수염이 보일 것이다

불란서 고아들의 수염이다

이 수염으로부터 흘러나오는 음악을 소용돌이 음악이라고 한다

불란서 고아들이 마시는 술, 그들이 나눠 피우는 담배, 그들이 부르는 노래, 밤새도록 이어지는 대화, 한밤중 술을 마시다 문득 창밖을 바라볼 때 펑펑펑 쏟아지는 눈발

푸른 담배 연기

눈이 내리는 영화, 눈 속에 파묻힌 시

이 모든 게 불란서 고아의 음악이다

파리의 지하 수염은 말한다

그런데 혹시…… 지금 이 글을 읽고 있는 그대는 불란서 고아인가

아무렴, 어디로도 투항할 수 없는 마음이 허공에 걸려 눈부시게 펄럭이고 있다

숲으로 난 오솔길을 따라 어깨에 행낭을 걸친 톰 웨이츠가 걸어갔다

그때 톰 웨이츠의 행낭에 들어 있던 불란서 고아의 음악은 무엇이었을까

잠자리에서 일어나 창문을 열고 덧문을 젖히고 하늘을 향해 얼굴을 들면 전개될 하루가 하늘 위에 그려져 있듯, 영혼의 모든 인상은 얼굴 위에 그려진다

파스칼 키냐르의 말이다

날씨 참 좋네요

담배 한 대 피우러 가야겠어요

같이 갈래요?

* 이 글의 일부는 짐 자무시의 말에서 발췌하고 우아하게 훼손하여 인용하였다. 짐 자무시보다 더 짐 자무시 같은 말은 박정대의 것이고 박정대보다 더 박정대 같은 말은 짐 자무시의 것이다

불란서 고아의 지도

지은이 박정대
펴낸이 김영정

초판 1쇄 펴낸날 2019년 8월 31일

펴낸곳 (주)현대문학
등록번호 제1-452호
주소 06532 서울시 서초구 신반포로 321(잠원동, 미래엔)
전화 02-2017-0280
팩스 02-516-5433
홈페이지 www.hdmh.co.kr

ISBN 978-89-7275-115-1 04810
     978-89-7275-113-7 (세트)

* 책값은 뒤표지에 있습니다.
* 이 도서의 국립중앙도서관 출판예정도서목록(CIP)은 서지정보유통지
  원시스템 홈페이지(http://seoji.nl.go.kr)와 국가자료공동목록시스템
  (http://www/nl/go/kr/kolisnet)에서 이용하실 수 있습니다.
  (CIP제어번호: CIP2019031235)